D1726351

Katharina und der Engel

Ruth Hölken und Jan Magunski
Illustrationen von Sandra Dudyka

Bibliografische Information Der Deutschen Bibliothek
Die Deutsche Bibliothek verzeichnet diese Publikation in der Deutschen Nationalbibliografie; detaillierte bibliografische Daten sind im Internet über http://dnb.d-nb.de abrufbar.

ISBN 978-3-941462-84-7
1. Auflage 2013
© 2013 **dialog**verlag Münster

Illustrationen: Sandra Dudyka
Buchgestaltung: Thomas Bauer
Satz: Mareike Babel
Gesamtherstellung: **dialog**verlag Münster

Liebe Kinder, liebe Eltern!

Dieses Buch wurde geschrieben, um allen Kindern im Vor- und Grundschulalter – ob getauft, gläubig oder nicht – zu zeigen, was es alles in der Kirche zu entdecken gibt. In kindgerechter Form soll die Bedeutung der einzelnen Orte und Gegenstände erklärt und dazu eingeladen werden, die heimische Pfarrkirche (neu) kennen zu lernen. Die Erklärungen in den Kästen liefern angehenden Kommunionkindern und vielleicht manchem Erwachsenen ein bisschen mehr Hintergrundwissen – jeder darf sie lesen, muss es aber nicht.

Alle Menschen können und dürfen sich im Gotteshaus „wie zu Hause" fühlen. Um sich in (s)einem, unserem Haus wohl zu fühlen, muss es vertraut sein, Fremdes schafft kein Wohlbefinden. Dass diese beschriebenen Dinge, Zeichen und Orte vorwiegend in positiven Worten geschildert sind, war nicht zu vermeiden, weil der Glaube an Gott die Gestalter/in/nen des Buches froh macht und sie diese Welt trotz allem positiv erleben lässt – auch in ihrer Wortwahl.

Ein besonderer Dank gilt einigen Mitgliedern der Pfarrgemeinde St. Sebastian in Münster-Nienberge, die zum Gelingen des Buches besonders beigetragen haben: Eva Bongartz, Stefan Heeger, Martin Ketteler-Eising, Lioba Pankalla und Pfarrer Heio Weishaupt, der dieses Projekt immer unterstützte.

Ruth Hölken   Jan Magunski

Das ist Katharina

mit ihren langen, dunklen Haaren.

Sie ist sechs Jahre alt und kommt im nächsten Sommer in die Schule. Aber jetzt geht sie noch in den Kindergarten. Dort gefällt es ihr auch gut. Katharina kann morgens viel länger im Bett bleiben als ihr Bruder Johannes, der schon acht Jahre alt ist und in die zweite Klasse geht. Mama weckt ihn morgens ganz früh, und dann muss er sich sofort anziehen.

Seit sie in einem neuen Haus wohnen, muss die Mama nämlich früher als Papa aufstehen, um pünktlich bei der Arbeit zu sein. Katharina bleibt immer liegen oder klettert zu Papa ins Bett, und sie erzählen sich etwas. Irgendwann stehen die beiden dann aber auch auf.

Am Dienstag ist etwas ganz Spannendes passiert.
Papa und Katharina waren auf dem Weg zum Kindergarten. Nach der Fußgängerampel und noch vor der Bäckerei sah Katharina etwas Glänzendes, Gelbes in der Hecke bei den Fahrradständern: „Papa, guck mal da!" Der Papa wollte weiter, weil er es eilig hatte. Katharina aber war neugierig geworden, sie ließ einfach Papas Hand los, rannte hin und holte das Ding vorsichtig aus der Hecke. Es war eine Figur mit einem langen Kleid und einem Flügel. Komisch.

„**Ein flügellahmer Engel!**", lachte Papa, als er die Figur sah. Tatsächlich, es war ein Engel mit nur einem Flügel, der in der Hecke auch noch schmutzig geworden war. So sah er wirklich nicht mehr schön aus. „Was macht der denn in der Hecke?", fragte Katharina ihren Papa. „Ach, den hat bestimmt jemand verloren!" „Und nun? Soll ich ihn mitnehmen?" „Ja", sagte Papa, „steck ihn in deine Kindergartentasche." Und so ging der flügellahme Engel mit in den Kindergarten und zu Katharina nach Hause.

Thema ENGEL

Bestimmt hast du schon einmal einen Engel gesehen – also einen Engel, wie ihn die Menschen sich vorstellen. In alten Kirchen, in der Werbung und in der Weihnachtszeit trifft man überall auf Engel.

In Wirklichkeit kann man Engel natürlich nicht sehen. Aber man kann sie spüren, so wie man Liebe oder Freude spüren kann. Vielleicht kennst du den Ausspruch: „Da habe ich einen guten Schutzengel gehabt." Auch wenn du ihn nicht entdeckt hast, bist du sicher, dass er in einer schwierigen Situation bei dir war. Übrigens: Das Wort Engel stammt ursprünglich aus dem griechischen. „Angelos", oder, wie die Lateiner sagen, „Angelus", und bedeutet „Bote" oder „Botschafter". Gott schickt uns in den Engeln seine Boten. Sie sollen uns seine Größe und Gegenwart, seine Liebe und Herrlichkeit verkünden. Sie sollen uns sagen: Gott ist in eurer Nähe. Er ist immer bei euch.

Nachmittags überlegten sie,

wer den Engel wohl verloren haben könnte, und wo er hingehörte.

„In die Kirche!", fiel Johannes ein, „wo sonst gehören Engel hin?"

Die Kinder bettelten so lange, bis Papa sich seufzend anzog und mit Katharina und Johannes zur Kirche ging. Zum Glück war die Seitentür offen.

Thema KIRCHE

„Ich wohne in einem Haus aus Zedernholz, aber Gott wohnt nur in einem Zelt." Es ist 3000 Jahre her, dass König David das gesagt hat. Früher war es normal, dass die Menschen keine festen Häuser hatten. Sie zogen mit ihrem Vieh von Weideplatz zu Weideplatz, immer dorthin, wo die Tiere etwas zu fressen finden konnten. Dabei wohnten die Menschen in Zelten, die sie an jedem Quartier neu aufschlugen. Auch für Gott hatte man ein solches Zelt reserviert. Wer mit Gott sprechen wollte, konnte in das Zelt gehen. Als die Menschen dann sesshaft wurden und feste Häuser bauten, überlegten sie, ob nicht auch Gott einen festen Ort brauchte, um unter ihnen zu wohnen. So sollte der Tempel in Jerusalem zum Haus Gottes werden. Als der Tempel später von den Römern zerstört wurde, bauten die Menschen neue Bethäuser: die Synagogen. Auch Jesus ist mit seinen Jüngern in Synagogen gegangen, und die ersten Christen haben diese Tradition übernommen. Aber mehr und mehr entwickelten sie eigene Bräuche. Vor allem stand bei ihnen die gemeinsame Mahlfeier im Mittelpunkt der Begegnung – so, wie Jesus es den Menschen bei seinem letzten Abendmahl aufgetragen hatte: „Tut dies zu meinem Gedächtnis." Zuerst feierten sie das eucharistische Mahl in ihren Häusern. Aber mehr und mehr entstanden Räume und Heiligtümer, die nur noch für die Gottesdienste der Christen gedacht waren – die Geburtsstunde der Kirche! In den zweitausend Jahren, die seitdem vergangen sind, hat die Kirche immer wieder neue Formen bekommen. Doch eigentlich ging es immer um das gleiche: ein Haus Gottes zu bauen.

Als sie in die Kirche kamen,

schauten sie erst einmal um sich. So sah es also hier drinnen aus.

Da war eine Ablage mit ganz vielen Büchern. „Das sind Gebetbücher", sagte Papa, „da stehen Gebete drin und all die Lieder, die man im Gottesdienst singen kann. Guckt mal, da sind auch Bilderbücher für Kinder."
Johannes und Katharina fanden das Weihwasserbecken ganz toll. „Das ist bestimmt eine Badewanne für kleine, schmutzige Engelfiguren", meinten sie kichernd.

Papa musste mit ihnen lachen, „in Ausnahmefällen wie diesem vielleicht. Aber eigentlich taucht man seine Fingerspitzen hinein und macht dann ein Kreuzzeichen beim Betreten oder Verlassen der Kirche. Das Weihwasser erinnert an die Taufe und daran, dass wir zur Gemeinschaft derjenigen gehören, die an Jesus glaubt. Alle, die zum Gottesdienst kommen, gehören wie eine große Familie zusammen – man sagt auch, wir seien Brüder und Schwestern im Glauben."

Thema WASSER

Was macht das Weihwasser zum Weihwasser? Und was unterscheidet es von anderem Wasser?

Früher hat man manchmal ein bisschen Salz und einen Tropfen heiliges Öl in das Weihwasser gemischt. Aber das ist lange vorbei – und es war auch nicht entscheidend. Viel wichtiger war und ist das Segensgebet, das ein Priester über das Wasser spricht. Darin erinnert er an die zerstörerische und lebensspendende Kraft, denn Wasser hat immer beide Seiten.

Sicher kennst du die Geschichte von der Arche Noah und von der großen Sintflut, die die Erde überschwemmt hat: Gott wollte die Erde erneuern, weil die Menschen so böse geworden waren. Als die Israeliten viele Jahrhunderte später vor den Ägyptern fliehen mussten, hat Gott seinem auserwählten Volk einen Weg durch das Rote Meer gebahnt, ihre Feinde dagegen kamen in den Fluten des Wassers um. Das ist die eine Seite des Wassers: Es kann zerstören und vernichten. Auf der anderen Seite schenkt Wasser Kraft und Leben, das haben die Israeliten so auf ihrer Wüstenwanderung erfahren, das erleben wir jedes Mal, wenn wir durstig sind.

Wenn wir uns in der Kirche mit Weihwasser bekreuzigen, oder der Priester das Wasser über die versammelte Gemeinde sprengt, erinnern wir uns an beide Seiten des Wassers: Gott will uns von allem Bösen reinwaschen und uns das Leben schenken. Damit ist das Weihwasser gleichzeitig Gedächtnis und Erneuerung der Taufe. (Weitere Informationen findest du auch im Kapitel „Taufe".)

„Und das da – das ist ja ein ganz großes Kreuz!"

„Sieht aus, als ob da ein Mensch dranhängt." „Ja, das ist Jesus", sagte Papa. „Ihn hat man ans Kreuz genagelt, deshalb sind seine Arme weit ausgebreitet." Er gibt uns Menschen seinen besonderen Schutz, wenn wir bei ihm sind. Er ist immer da, und wir müssen uns nur auf den Weg zu ihm machen, um in seiner Liebe und Nähe zu sein."

Er dachte kurz nach. „Aber vielleicht kann man die offenen Arme auch anders verstehen: so, als ob er uns einladen will, zu ihm zu kommen." Johannes legte seinen Kopf schräg und schaute angestrengt. „Hmm", überlegte er dann, „ein bisschen wie – ‚Wer kommt in meine Arme', nicht wahr?" Das fand Katharina auch.

Papa dachte nach. „Ja, so wird es wohl sein, er lädt uns nicht nur ein, zu ihm zu kommen, sondern gibt uns Menschen seinen besonderen Schutz, wenn wir bei ihm sind. Er ist immer da, und wir müssen uns nur auf den Weg zu ihm machen, um in seiner Liebe und Nähe zu sein."

Thema KREUZ

Sicher hast du dir schon einmal weh getan, hast dir die Haut aufgerissen oder dich an einer Scherbe verletzt. Kannst du dir vorstellen, was für ein Schmerz das erst sein muss, wenn die ganze Hand oder der Fuß durchbohrt wird – so wie bei einer Kreuzigung?

Einen Menschen zum Tod am Kreuz zu verurteilen, war früher eins der schlimmsten Urteile: Es konnte Stunden und Tage dauern, bis der Gekreuzigte unter unermesslichen Schmerzen starb. Wenn auch Jesus den Tod am Kreuz auf sich nimmt, zeigt er seine besondere Verbundenheit mit allen, die Opfer von Gewalt und falschen Urteilen werden. Als wollte er sagen: „Ich weiß, wie es euch ergeht. Ich weiß, wie ihr zu leiden habt."

Gleichzeitig hat das Kreuz eine symbolische Bedeutung. Durch seine Verbindung zwischen der waagerechten und der senkrechten Linie führt es Erde und Himmel zusammen und schenkt einen besonderen Trost: Auch wenn Menschen meinen, dass alle anderen sie im Stich gelassen haben, sogar wenn sie glauben, dass Gott sie verlassen hat – Gott ist immer da!

In der christlichen Kirche und in vielen westlichen Kulturen steht das Kreuz heute als Zeichen des Todes. Gleichzeitig trägt es – im Blick auf Christus – die Hoffnung auf die Auferstehung und das ewige Leben in sich. Vielleicht hast du schon einmal gehört, dass man das Kreuz auch als „Lebensbaum" bezeichnet, und das nicht nur, weil es früher immer aus Holz war: So wie ein Baum nach einem langen Winter neu erblüht, so wird auch jeder Verstorbene im Reich Gottes zu neuem Leben auferstehen.

Dann gingen sie nach vorne zum Altar.

Der steht ganz oben, damit alle den Priester gut sehen können – und das, was er tut. Katharina und ihr Bruder liefen einmal um den großen Tisch herum.

Ganz schön gewaltig, wenn man ihn aus der Nähe betrachtete. „Der ist bestimmt schwer, er sieht nicht so aus, als ob man ihn einfach zur Seite rücken könnte, der hat nämlich keine Beine. Oben drauf ist eine Tischdecke, wie zu Hause am Esstisch", sagte Johannes. „Und guck mal hier", rief Katharina begeistert, „lauter schöne kleine Kreuze sind da oben auf der Platte. Und vorne ist ein Muster – ich

glaube, das sind Brot und ein Kelch. Das muss ja ein ganz besonderer Tisch sein."

Auch die Blumen und Kerzen standen nicht wie zu Hause auf dem Tisch, sondern davor. Papa sagte: „Wenn wir daheim die Blumen und Kerzen vor den Tisch stellen, dauert es bestimmt nicht lange, und einer läuft dagegen. Aber hier oben laufen die Leute nicht so schnell, denn es ist kein einfacher Esstisch, sondern ein Altar. Hier wird Brot gebrochen und Wein geteilt, im Gedenken daran, wie Jesus zum letzten Mal mit seinen Freunden gegessen hat. Die Kerzenleuchter zeigen uns, wie festlich diese Feier ist, denn Kerzen zünden wir auch nicht jeden Tag an." „Nee", antwortete Johannes, „nur wenn es etwas Besonderes gibt."

Thema EUCHARISTIE

Vielleicht bist du mit deinen Eltern schon einmal im Urlaub in Griechenland (oder in einem griechischen Restaurant) gewesen. Wenn man dort etwas bezahlt, sagt der Verkäufer (oder der Ober) „efchari'sto", das heißt „danke". Aus dem gleichen Wortstamm kommt auch unser Wort „Eucharistie" für das, was wir im Gottesdienst feiern: Danksagung. Wir sagen Dank dafür, dass Gott uns seinen Sohn Jesus Christus gesandt hat, dass Jesus für uns gestorben und auferstanden ist und sich in den heiligen Gaben selbst schenkt: In der Wandlung erleben wir, wie aus Brot und Wein Leib und Blut Jesu Christi werden, so, wie er es beim letzten Abendmahl gesagt hat: „Das ist mein Leib, der für euch hingegeben wird, das ist mein Blut, das für euch vergossen wird."
Manche Menschen meinen, dass es in der Eucharistie nur um ein Zeichen geht, das auf etwas Größeres hinweisen soll. Als Christen dürfen wir glauben: Das Große geschieht mitten unter uns, hier und jetzt; Der große Gott schenkt sich uns in dem kleinen Brot. Ganz schön kompliziert, denkst du vielleicht. Aber nicht umsonst sprechen wir vom „Geheimnis unseres Glaubens", das wir ein Leben lang immer wieder neu durchdringen dürfen. Je öfter wir die Eucharistie feiern, desto mehr kommen wir diesem wunderbaren Geheimnis auf die Spur.

„...das sieht aus wie ein Versteck für wertvolle Sachen!"

„Was ist denn da hinten links?", fragte Katharina, als sie vor dem Altar standen, „das sieht aus wie ein Versteck für wertvolle Sachen. Ist da ein Schatz versteckt?"

„Nein", erklärte Papa, „das ist der Tabernakel. Da ist auch so eine Art Schatz drin, aber nichts, was Räuber interessiert. Da werden die Hostien aufbewahrt, die in der Messe übrig geblieben sind. Für die Menschen, die an Jesus glauben, sind sie etwas ganz Besonderes. Jesus selbst ist in diesem Brot." Wie gut, dass der Papa das alles weiß.

Thema TABERNAKEL

Hast du auch eine besondere Schatzkiste, in der du Dinge aufbewahrst, die dir wichtig sind: einen schönen Stein, deinen ersten Zahn, ein schnittiges Rennauto, ein Foto oder vielleicht sogar einen Liebesbrief? Oft sind solche Schatzkisten aus edlem Material und besonders schön gestaltet: damit man schon von außen erahnen kann, dass dieses Gefäß etwas ganz Wertvolles beinhaltet. Das gilt auch für den Tabernakel in der Kirche.

Das Wort Tabernakel kommt aus dem Lateinischen und bedeutet „Zelt" oder „Hütte". Es erinnert an das Offenbarungszelt (das Zelt Gottes), in dem die Israeliten auf ihrer Wanderung durch die Wüste die Bundeslade mit sich trugen – eine reich verzierte Schatzkiste, in der die Gebotstafeln aufbewahrt wurden. Die Tafeln mit den Zehn Geboten, die das Volk am Berg Sinai durch Mose empfangen hatte, weisen auf den Bundesschluss zwischen Gott und den Menschen hin. Gott fühlte sich verpflichtet, sein auserwähltes Volk zu beschützen, dafür erwartete er, dass die Menschen auf ihn hören und seinem Willen folgen. In diesem Alten Bund war die Bundeslade das Wichtigste für die Menschen.

Wenn wir heute vom „Tabernakel" sprechen, meinen wir einen künstlerisch gestalteten kleinen Schrank mit massiven Wänden und verschließbarer Tür in unseren Kirchen. In ihm bewahrt die katholische Kirche den Leib Christi in der eucharistischen Brotgestalt, der Hostie, auf – das ist das „Allerheiligste" für einen Christen der Gegenwart – einen Christen des Neuen, von Jesus gestifteten Bundes.

„Das ist der Ambo, da wird etwas vorgelesen ..."

Dann kamen sie an einen Tisch, der war viel kleiner, aber deutlich höher als der Altar. „Das ist der Ambo, da wird etwas vorgelesen: Geschichten aus der Bibel, Gebete für andere Menschen." Papa wusste mal wieder genau Bescheid. „So wie ihr im Stuhlkreis im Kindergarten oder im Morgenkreis in der Schule anderen wichtige Dinge erzählen könnt, wird auch hier etwas Wichtiges vorgetragen.

Jesus hat den Menschen gesagt, sie sollen überall weitererzählen, wie gut unser Gott ist, damit keiner sagen muss, er hätte es nicht gehört. Alle sollen die Frohe Botschaft erfahren!"

Während Katharina und Johannes noch über das nachdachten, was der Papa gesagt hatte, probierte der schon etwas Neues aus: „Guckt mal, wenn wir den Engel darauf legen, fällt er nicht herunter, weil da unten eine Kante ist. So kann man hier ein Buch hinlegen und daraus vorlesen, ohne dass man es festhalten muss. Praktisch, nicht?" Ja, praktisch war das schon, aber bis jetzt hatten sie noch keinen Platz für den Engel gefunden und wussten immer noch nicht, wo er hingehörte.

Thema AMBO

Vielleicht spielst du ein Musikinstrument und besitzt selbst ein Notenpult. Oder du hast schon einmal ein großes Orchester gesehen – und damit eine ganze Reihe von Pulten, auf denen die Musiker ihre Noten ablegen. So können sie genau ablesen, was sie spielen müssen.

Auch in der Kirche gibt es ein besonderes Lesepult. „Ambo" heißt wörtlich übersetzt „hinaufsteigen". Ursprünglich, also bei den frühen Christen, war der Ambo ein erhöhter Ort, von dem aus die biblischen Lesungen verkündet wurden. Zu Zeiten, als es noch kein Mikrofon gab, war es wichtig, dass alle die Stimme des Vortragenden hören konnten: Dazu stieg er einige Stufen bis zum Ambo hinauf. Außerdem wurde so der Eindruck verstärkt, dass das Vorgetragene wirklich von oben – quasi aus dem Himmel – und damit von Gott kam. So wurde es viele Jahrhunderte praktiziert – bis der Ambo im Mittelalter mehr und mehr außer Gebrauch kam und durch ein einfaches Lesepult ersetzt wurde. Glücklicherweise haben sich Papst und Bischöfe später überlegt, dass das eigentlich nicht in Ordnung ist – schließlich geht es um das Wort Gottes. Und das soll einen eigenen, einen festen Platz haben. Nicht nur im Gottesdienst, sondern in der Kirche überhaupt. Deshalb hat man in den letzten Jahrzehnten eine alte Tradition wiederbelebt und versucht, den Ambo besonders schön zu gestalten. Viele Christen sprechen heute sogar davon, dass Gott uns in jedem Gottesdienst zwei Tische deckt: den Tisch des Brotes und den des Wortes.

„Das Licht dieser Kerze verweist auf ein besonders Licht ..."

„Diese Kerze sieht aber viel schöner aus als die anderen vor dem Altar, die steht auch auf einem viel schöneren Kerzenständer", sagte Johannes. „Da sind ein Kreuz, aber auch Buchstaben und Zahlen drauf." „Lies doch mal vor", bettelte Katharina, die manchmal ein bisschen neidisch war, weil ihr Bruder schon lesen konnte und sie noch nicht.

„Das ist ein A und ein anderer Buchstabe, den kenne ich aber nicht. Und da steht die Jahreszahl, also welches Jahr wir jetzt haben." Papa guckte Johannes bewundernd an. „Toll, was du schon alles erkennst. Der andere Buchstabe ist ein griechisches O, Omega. Jedes Jahr in der Osternacht zündet man eine neue Kerze an. Die ist von diesem Jahr, darauf verweist die Jahreszahl."

Papa überlegte. Was konnte er noch erzählen? „Zu Hause machen wir immer den Lichtschalter an, damit wir nicht im Finstern sind. Das Licht dieser Kerze verweist auf ein besonders Licht: auf Jesus. Er ist das Licht der Welt, das allen Menschen leuchten will. Wir brauchen im Dunkel des Lebens keine Angst zu haben, wenn wir ihm vertrauen. Das Licht der Osterkerze erinnert uns aber auch daran, dass Jesus auferstanden ist und es für Christen ein Leben nach dem Tod gibt – ein Leben bei Gott."

Thema OSTERKERZE

A
20
08
Ω

Hast du schon einmal eine Osternachtfeier in der Kirche erlebt? Zu Beginn entzündet der Priester an einem kleinen Feuer vor der Kirche die Osterkerze und trägt sie in die dunkle Kirche. Alles ist finster, nur die winzige Flamme wirft etwas Licht in die Dunkelheit. Aber wenn nach und nach alle Gottesdienstbesucher ihre Kerzen an der Osterkerze entzünden, breitet sich das Licht schnell aus. Auf einmal ist es strahlend hell in der Kirche – nicht so, wie wenn man auf einen Lichtschalter drückt, sondern viel stimmungsvoller, viel beeindruckender. Und das alles durch das Licht einer Kerze!

Auch im übertragenen Sinne erleben wir Menschen manchmal Dunkelheit in unserem Leben. Wir sind traurig oder haben Angst, wir machen uns Sorgen und wissen nicht weiter. Wie schön wäre es, wenn auch in diesen Zeiten jemand an unserer Seite wäre, um uns Trost und Hoffnung zu schenken, um ein Licht für uns anzuzünden! Jesus sagt uns: „Ich will dieses Licht für euch sein. Ich bin das Licht in der Dunkelheit der Welt. Vertraut auf mich, ich will euch Zukunft und Hoffnung geben."

Wann immer ein Kind getauft wird oder ein Mensch stirbt, brennt die Osterkerze in der Kirche. Sie will deutlich machen: Jesus ist an unserer Seite, er begleitet uns durchs Leben, vom Anfang bis zum Ende. Dafür stehen die Buchstaben Alpha und Omega, der erste und der letzte Buchstabe des griechischen Alphabets. Die Jahreszahl will uns zudem sagen: Jesus ist der Herr über Zeit und Ewigkeit. Wann immer es dunkel wird, scheint sein Licht für uns: im Leben, im Tod – und darüber hinaus.

„Das sind auch traurige Bilder ..."

Beim Gehen durch die Kirche gab es viel zu entdecken. „Schau mal, Papa, da hängen ja Bilder an der Wand. Die sehen aber nicht so schön aus, die sind ziemlich düster." „Ja, das sind auch traurige Bilder, sie erzählen vom letzten Weg Jesu, bevor er starb.

In der Zeit vor Ostern bleiben viele Menschen vor den Bildern stehen, beten und denken daran, dass Jesus gestorben ist, weil er den Menschen helfen wollte. Er hat den Menschen von Gott erzählt, der all seine Geschöpfe so liebt, wie sie sind. Gott hat euch und mich und alle anderen Menschen so lieb wie eine Mama oder ein Papa

– für immer und ewig. Deshalb sollten auch wir einander lieben und gut miteinander umgehen. Statt nur darauf zu achten, dass es uns selbst gut geht, sollten wir füreinander sorgen und uns um unsere Mitmenschen kümmern. Um die, die uns sowieso wichtig sind – unsere Freunde und Verwandten –, aber auch um die, die wir nicht so gut kennen." Katharina und Johannes nickten leise, das hatten sie verstanden.

Aber der Papa war noch nicht fertig. „Das hat den Mächtigen gar nicht gefallen. Sie befürchteten, dass Jesus alle bestehenden Ordnungen durcheinanderbringt und ihnen etwas von ihrer Macht nimmt. Sie wollten nicht, dass die Menschen tun, was Jesus sagt. Darum haben sie ihn umgebracht." „Das ist aber gemein!", antworteten Katharina und Johannes fast wie aus einem Mund. „Jesus hat doch Recht gehabt. Wenn wir miteinander teilen, einander helfen und uns liebhaben, könnte doch alles viel besser sein."

Thema KREUZWEG

In fast keiner katholischen Kirche fehlt eine Darstellung des Leidensweges Jesu. Die 14 Stationen erinnern uns an die „Via Dolorosa" in Jerusalem. „Via Dolorosa" heißt: „der schmerzhafte Weg". Damit ist jene Straße gemeint, die zur Zeit Jesu vom Amtssitz des römischen Statthalters Pontius Pilatus zum Hügel Golgota führte. Nach der Überlieferung musste Jesus diesen Weg vor seiner Kreuzigung gehen und dabei sein Kreuz – oder zumindest den Querbalken – auf einem Großteil der Strecke selbst tragen. Es muss unwahrscheinlich schwer gewesen sein – nicht umsonst ist Jesus dreimal unter der Last auf seinen Schultern gefallen. Als die Stätten von Tod und Auferstehung Jesu bei Ausgrabungsarbeiten im 4. Jahrhundert aufgefunden wurden und sich die Christen nicht mehr (wie zu Beginn) verstecken mussten, wurde die Straße als Kreuzweg ausgestaltet. Die ersten Pilger, die damals nach Jerusalem reisten, gingen diesen Leidensweg Jesu nach. Nach Hause zurückgekehrt, legten sie Nachbildungen in ihrer Heimat an, oft mit der exakt gleichen Länge wie die „Via Dolorosa", oft mit einem Ziel, das ebenfalls auf einem Berg lag. Natürlich konnten sich viele Menschen die Wallfahrt nach Jerusalem nicht leisten. Um sich wenigstens in Gedanken auf den Leidensweg Jesu zu begeben, gingen sie den Weg zu Hause nach. Dabei gab es zunächst nur zwei Stationen (die Verurteilung durch Pilatus und die Kreuzigung), später sieben und seit 1600 die bis heute bekannte Zahl von 14 Stationen, die zum Teil biblisch begründet, zum Teil Legende sind. Als 15. Station diente die Kirche vor Ort als Abbild der Kirche von Jerusalem.

„Er ist der Schutzpatron unserer Kirche und Gemeinde ...“

„Und wer ist das hier? Was macht der hier? Warum hat der einen Nikolaushut auf?“

„Ui, das sind aber viele Fragen“, seufzte Papa.

„Das ist der heilige Liudger. Er ist der Schutzpatron unserer Kirche und Gemeinde. Liudger war ein Bischof, so wie der heilige Nikolaus, deshalb haben sie auch fast die gleiche Kleidung an. Der heilige Liudger hat den Menschen, die viele, viele Jahre vor uns hier gelebt haben, von Gott und Jesus erzählt. Ihr wisst ja, was ich euch vorhin am Ambo gesagt habe. Jesus wollte, dass wir allen Menschen sagen, wie gut unser Gott ist. Alle sollen es wissen, damit sie zu ihm kommen können, wenn sie wollen. Und Liudger hat das so gemacht. Er ist zu den Menschen gegangen, die noch niemals von Jesus und Gott gehört hatten und hat ihnen erzählt, wie sehr Gott uns liebt. Das war ganz schön mutig, denn er kannte die Leute gar nicht und wusste nicht, wie die Menschen reagieren würden.

An Menschen wie ihn erinnern sich alle gern, deshalb haben wir diesen Mann als „Boten Gottes“ zu unserem Patron gewählt. Die Menschen, die hier leben und in die Kirche gehen, hoffen, dass er unsere Kirche und Gemeinde beschützt und uns mutig macht, von Gottes Liebe zu erzählen.

Thema SCHUTZ/PATRON

Das Wort „Patron" ist aus dem lateinischen Wort „Pater" abgeleitet, das für den Vater oder den Hausherrn benutzt wurde. Der „Patronus" bezeichnete im Alten Rom, also zur Zeit Jesu, einen Schutzherrn. Der Arbeiter war seinem „Patron" zum Dienst verpflichtet und erhielt dafür rechtlichen Schutz von ihm. Ambrosius, einer der alten Kirchenväter, hat dieses auf Heilige übertragen, auf Menschen, die durch ihr besonderes Leben und Handeln zu (Glaubens-)Vorbildern geworden sind. Diese Idee wurde im Mittelalter weiter entwickelt: Man wählte sich für Länder und Bistümer, für Kirchen und Städte, ja sogar für Berufsgruppen eigene Schutzpatrone, die den Menschen helfen sollten. Gleichzeitig ordnete man den Heiligen bestimmte Dinge oder „Zuständigkeiten" zu, die mit ihrer Lebensgeschichte zusammenhingen. Der heilige Josef wurde zum Schutzpatron der Tischler und Zimmerleute, weil er selbst Zimmermann gewesen war. Die heilige Elisabeth wurde zur Schutzpatronin der armen Menschen, weil sie sich zeit ihres Lebens um Arme und Mittellose gekümmert hat. Der heilige Jakobus wurde zum Schutzpatron Spaniens, weil er in der spanischen Stadt Santiago de Compostela seine letzte Ruhestätte gefunden hat. So konnten sich die Gläubigen zur Fürbitte gezielt einen Heiligen auswählen. Daneben gibt es noch den „Namenspatron". Als deine Eltern überlegt haben, wie du einmal heißen sollst, haben sie vielleicht auch an einen Heiligen gedacht und überlegt: Der (oder die) soll unser Kind im Leben begleiten.

„... das waren die besten Freunde von Jesus!"

„Hier sind noch mehr Männer an der Wand. Wer sind denn die?", rief Katharina. Jetzt sah Johannes sie auch und fing an zu zählen: eins, zwei, drei, ... Bis zwölf kam er. „Das sind die zwölf Apostel, das waren die besten Freunde von Jesus", sagte Papa. Aus den Zwölfen sind später 72 und dann immer mehr geworden.

Als Jesus nicht mehr bei ihnen war, haben sie überall von Jesus erzählt, so wie er es sich gewünscht hat. Später haben dann vier Männer für uns die Geschichten von Jesus aufgeschrieben:
Matthäus, Markus, Lukas und Johannes. Weil sie sich so dafür eingesetzt haben, können wir heute noch nachlesen, was Jesus uns von Gott erzählt hat.

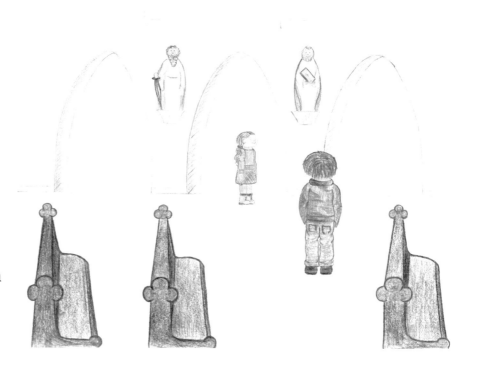

In jedem Gottesdienst
wird eine Geschichte von Jesus vorgetragen. Und so wie ihr euch freut, wenn Mama oder ich euch etwas vorlesen, freuen sich die Menschen im Gottesdienst, etwas von Jesus zu hören. Sie könnten das auch selber lesen. Aber Vorlesen ist doch immer schöner, als sich selbst ein Buch anzugucken."

Thema EVANGELIUM/EVANGELISTEN

Das Wort „Evangelium" stammt aus dem Griechischen und bedeutet „Gute Nachricht" oder „Frohe Botschaft". Schon lange bevor Jesus lebte, war dieser Begriff verwendet worden.

Wenn die Soldaten des eigenen Volkes ein gegnerisches Heer besiegt hatten, war das so eine frohe Botschaft (ein Evangelium) – und ein Grund zur Freude. Gleichzeitig hatte man sich von einer „Frohen Botschaft" aber immer noch mehr erhofft – so das Kommen des Messias, des Retters. Man wartete auf einen von Gott gesandten König, der endlich den Frieden bringt. In Jesus von Nazaret sah man diesen Heilsbringer gekommen, mit ihm hatte die neue Zeit begonnen. Darum hat man den Begriff von der Frohen Botschaft auf sein Reden und Tun übertragen: wie Jesus auf die Menschen zuging und mit ihnen sprach, wie er Kranke heilte und Traurige tröstete, das war etwas ganz Neues! Das sollten alle Menschen erfahren! Vier Männer haben (unter anderen) die Botschaft von Jesus aufgeschrieben: Markus, der Autor des ältesten Evangeliums Matthäus, möglicherweise der einstige Zöllner, dem Jesus begegnete der Arzt und Künstler Lukas, und Johannes, um dessen wahre Person immer wieder gestritten worden ist. Was sie aufgeschrieben haben, wurde von den Aposteln weitergetragen und wird bis in unsere Zeit als „Gute Nachricht" verkündet.

Vielleicht hast du auch schon einmal vom Apostel Paulus gehört. Er zog um die Welt, um den Menschen von Jesus zu erzählen. Er hatte begriffen: Es ist meine Lebensaufgabe, dass so viele Völker wie möglich die Frohe Botschaft erfahren. Auch Paulus' Predigten und Berichte sind heute in der Bibel zu finden.

„...das ist eine Mama. Und da stehen viele Kerzen vor."

„Und hier: Wer ist das? Das ist aber kein Apostel, das ist eine Mama.
Und da stehen viele Kerzen vor." „Ja," antwortete Papa, „du siehst ganz schön viel, meine kleine, große Katharina.

Das ist Maria, die Mutter von Jesus. Hier seht ihr sie mit Jesus im Arm. Manche Menschen kommen dorthin, kaufen eine Kerze, zünden sie an und beten. Sie bitten Maria, ihnen zu helfen. Dann gehen sie wieder nach Hause und sind ganz froh, weil sie sich nicht mehr so allein fühlen und jemand ihnen hilft, eine Lösung zu finden."

„**Das ist aber klasse**", rief Katharina begeistert, „meinst du, ich kann eine Kerze anzünden und die Maria bitten, dass meine Freundin Franziska und ich uns wieder vertragen? Wir haben uns heute im Kindergarten nämlich ganz doll gezankt." Papa gab ihr etwas Geld, und Katharina durfte mit Papas Hilfe eine Kerze anzünden. Dann sagte sie: „Bitte hilf mir, dass meine Freundin und ich uns wieder vertragen." So richtig froh war sie jetzt zwar noch nicht, aber ein bisschen besser fühlte sie sich schon. „Vielleicht erzähle ich Franziska morgen im Kindergarten, dass ich gebetet habe, dass wir uns wieder vertragen, weil ich doch am liebsten mit ihr spiele", dachte Katharina bei sich.

Thema MARIA

Wenn man Kinder fragt: „Wer ist für dich der wichtigste Mensch auf der Welt?", dann antworten viele: „Meine Mama." Vielleicht hättest du das Gleiche gesagt. Auch Jesus hatte eine Mutter, und das war Maria. Maria hat es nicht immer leicht mit ihrem Sohn gehabt. Schon als Zwölfjähriger ist er ihr – während einer Wallfahrt nach Jerusalem – „abgehauen", später waren ihm andere Menschen scheinbar wichtiger als die eigene Mutter. Bestimmt ist Maria darüber manches Mal traurig gewesen. Aber gleichzeitig hatte sie erkannt, dass Jesus nicht irgendein Kind – irgendein Mensch – war, dass er von Gott kam und eine besondere Aufgabe erfüllen musste. Als bei der Hochzeit in Kana der Wein ausgegangen und der Hausherr ganz ratlos war, hat Maria auf Jesus gezeigt und zu den anderen gesagt: „Was er euch sagt, das tut!" Sie hat vollkommen auf ihren Sohn vertraut, sie hat gewusst, dass er das Richtige machen wird.

Als der Engel Maria gefragt hatte, ob sie den Sohn Gottes gebären wolle, hat sie „ja" gesagt. Vielleicht kann man darum auch sagen, Maria hat dieses „Ja" ihr ganzes Leben lang wiederholt – immer wieder hat sie „Ja" gesagt zu Gottes und Jesu Plänen. Auch wenn sie die manchmal nicht verstehen konnte. Bis zuletzt, als Jesus am Kreuz gestorben ist, hat Maria ihren Sohn begleitet.

Maria wird von der Kirche besonders verehrt. Es gibt viele Feste, die uns an ihre vielfältigen Lebenserfahrungen erinnern. Zugleich will jedes Fest uns sagen, dass wir mit Maria eine Vertraute im Himmel haben, die weiß, wie schwer menschliches Leben manchmal ist. Wer, wenn nicht sie, sollte die Menschen in ihren Sorgen und Nöten verstehen!

„Hier werden die Menschen getauft ...“

Dann gingen sie ein Stückchen weiter. „Guck mal, da sind ja auch zwei Engel!“ Begeistert schaute Katharina sich nach Papa um, „hier oben, zwei ganz schöne sind das. Passt hier vielleicht der kleine Engel hin? Oh, Papa, gib ihn mir.“

Papa gab ihr den Engel, und Katharina setzte ihn zu den Engelsköpfen, aber da sah er ganz klein aus. „Ich glaube, das ist nicht sein Platz. Die anderen sind größer.“ Katharina war enttäuscht. Schade.

Das ist das Taufbecken“, erklärte Papa. „Hier werden die Menschen getauft. Dann gehören sie zur Gemeinschaft all derer, die an Jesus und seine Worte glauben. Sie dürfen vertrauen, dass wir nach dem Tod bei Gott weiterleben werden. Gut, nicht?“

Thema TAUFE

Wahrscheinlich kannst du dich nicht mehr an deine eigene Taufe erinnern. Im Europa des 21. Jahrhunderts werden die Menschen meist als kleine Kinder getauft – ihre Eltern tragen sie in den ersten Lebenswochen oder -monaten vor Gott und erbitten von der Kirche das Sakrament der Taufe. Die Eltern vertrauen darauf, dass Gott ihrem Kind seinen besonderen Schutz zusagt und dass er das Kind auf seinem Lebensweg begleiten will.

In der Bibel wird erzählt, wie schon Jesus sich von Johannes hat taufen lassen. Dabei öffnete sich der Himmel, und eine Stimme sprach: „Du bist mein geliebter Sohn, an dir habe ich Gefallen gefunden." Ein Christ darf glauben, dass jeder Mensch von Gott geliebt ist.

Die Taufe wird meist in einer gottesdienstlichen Feier durch dreimaliges Eintauchen oder Übergießen mit Wasser vollzogen. Damit befolgt die Kirche den Auftrag Jesu: „Geht zu allen Völkern und macht alle Menschen zu meinen Jüngern; tauft sie auf den Namen des Vaters und des Sohnes und des Heiligen Geistes."

Die Taufe ist das erste der sieben Sakramente. Mit ihm wird ein Mensch in die Gemeinschaft der Christen aufgenommen – so, wie deine Eltern es wollten. Wenn du größer geworden bist, kannst du mehr und mehr selbst entscheiden, ob du zu Gott und in diese Kirche gehören willst.

„... so etwas Ähnliches wie ein Klavier"

Ganz hinten in der Kirche ist auch die Orgelbühne. Da oben steht eine Orgel, das ist so etwas Ähnliches wie ein Klavier, da muss man auch auf Tasten drücken, damit man Musik machen kann. Aber das wussten Katharina und Johannes schon, weil Mama zu Hause eine CD mit Orgelmusik hat. Aber die hörten sie nicht so gerne wie ihre Kinderlieder.

Thema ORGEL

Sicher hast du schon einmal gehört, dass man den Löwen wegen seiner Größe und Stärke auch als „König der Tiere" bezeichnet oder dass die Rose als „Königin der Blumen" gilt. Auch unter den Musikinstrumenten ragt eines besonders hervor, und das nicht nur wegen seiner Größe – das ist die Orgel. Einer der wichtigsten Musiker, die es je gegeben hat – Wolfgang Amadeus Mozart –, hat einmal in einem Brief an seinen Vater geschrieben: „Die Orgel ist in meinen Augen und Ohren die Königin aller Instrumente."

Aber was macht die Orgel so besonders? Dass man den Wind in ihr fängt und mit der Luft Töne erzeugt? Dass man auf diesem einen Instrument viele andere Instrumente nachahmen kann, dass eine einzige Orgel also wie ein ganzes Orchester klingen kann? Oder dass sie meist einen Tonumfang hat, der jedes andere Instrument bei weitem übertrifft: Sie kann die tiefsten Tiefen und die höchsten Höhen erreichen.

Im Gottesdienst unterstützt sie unsere Stimmen und führt die Musik von Himmel und Erde zusammen. „So stimmen wir ein in den Hochgesang der Chöre der Engel", heißt es etwa, wenn wir das Sanktus, das Heilig-Lied, anstimmen.

Manche Menschen genieren sich, miteinander und voreinander zu singen. Aber schon der heilige Augustinus, einer der großen Kirchenlehrer, hat einmal gesagt: „Wer singt, betet doppelt."

„… Gott kann man alles erzählen."

„Sollen wir mal von ganz hinten bis ganz vorne rennen?", fragte Johannes Katharina. „Das ist bestimmt viel weiter als von unserer Haustür bis zur Terrassentür." Und schon liefen sie beide los. „Wofür sind die Türen? Geht es hier auch nach draußen?"

„Nein, das ist der Eingang zur Sakristei, und das ist ein Beichtstuhl." Das sah aber gar nicht aus wie ein Stuhl mit Beinen und Lehne. Vorsichtig öffneten sie die Tür. In der Mitte war ein Sitzplatz. Aber die Leute konnten einander gar nicht angucken, wenn sie da drin saßen. „Wenn man mal so richtig was Dummes gemacht hat, etwas, das einem Leid tut, dann kann man hierhin gehen. Manchmal mag man anderen Menschen nicht davon erzählen. Das kennt ihr auch, nicht wahr?" Papa sah seine beiden Kinder an. Verlegen blickten sie auf den Boden. Ja, dieses Gefühl kannten sie nur zu gut. „Wenn ihr Blödsinn gemacht habt, mögt ihr das oft nicht zugeben.

Aber Gott kann man alles erzählen. Gegenüber sitzt der Priester – stellvertretend für Gott. Ihm könnt ihr sagen, was ihr falsch gemacht habt – und dass es euch Leid tut. Der Priester hört zu und sagt uns, dass Gott uns trotzdem liebt und verzeiht. Aber er gibt uns auch einen Tipp, wie wir das wieder in Ordnung bringen können. Manche Menschen gehen lieber in das Beichtzimmer, dort kann man dem Priester gegenübersitzen, ihn angucken und dort alles sagen, was vielleicht nicht so gut war."

Thema BEICHTE

Immer wieder machen wir die Erfahrung, dass Fehler passieren und Dinge schiefgehen. Auch wenn wir uns noch so anstrengen – keiner ist perfekt. Überall lauern unsere Schwächen und machen uns das Leben schwer. Das heißt: uns und anderen, die unter unserem Verhalten leiden müssen. Wir verletzen einander (manchmal, ohne das zu wollen) und gefährden unsere Beziehungen. Auch in der Familie ist es nicht immer leicht, miteinander auszukommen, immer wieder prallen unsere verschiedenen Interessen und Eigenschaften aufeinander. Aber sicher kennst du das Gefühl: Gerade wenn etwas schiefgegangen ist, gerade wenn wir jemandem weh getan haben, ist es wichtig, darüber zu sprechen. Wie gut kann das tun, wenn ein Freund da ist, der uns bedingungslos zuhört. Der uns Mut macht, die Sache wieder ins Reine zu bringen und uns hilft, unser Versagen besser zu verstehen. Gott ist so ein guter Freund. Ihm können wir alles sagen. Manch einem hilft es, Gott im Gebet seine Fehler und Schwächen anzuvertrauen. Manchmal aber haben wir das Gefühl: Das allein reicht nicht. Wir brauchten eine direkte Antwort, wir brauchten ein Zeichen der Vergebung und des Neuanfangs. Darum sind wir immer wieder zur Beichte eingeladen. Im Sakrament der Buße, oder besser: im Sakrament der Versöhnung können wir einem Priester – stellvertretend für Gott – unsere Schuld anvertrauen. Er spricht mit uns über das, was falsch gelaufen ist, er zeigt uns einen Weg, wie wir das Geschehene wieder in Ordnung bringen können. Und er spricht uns im Namen Gottes von unserer Schuld frei.

„Sakristei, das klingt so merkwürdig."

Aber jetzt wollten sie auch noch die andere Tür öffnen. Sakristei, das klang so merkwürdig. Sie öffneten die Tür und sahen das Gewand für den Priester. „Hier bereiten sich der Priester, die Messdiener, Lektoren und Kommunionhelfer auf die Messe vor. Hier werden auch die Kerzen angezündet, die die Messdiener in die Kirche tragen.

Der Priester zieht sich das Messgewand an. Bevor er zu den Menschen in die Kirche geht und ihnen von Gott und seiner Liebe Gottes zu den Menschen erzählt, wird er selber ganz still und betet."

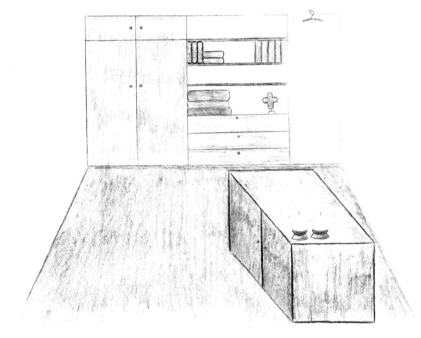

Aber auch hier passte der Engel nicht hin. Am besten hätte er noch zu Füßen der Muttergottes ausgesehen oder vielleicht am Taufbecken. Etwas unglücklich schauten die drei sich an und gingen wieder in die Kirche zurück.

Thema LITURGIE (LITURGISCHE DIENSTE)

Ein letztes Mal wollen wir an dieser Stelle nach dem Ursprung eines Wortes fragen. „Liturgie" ist aus den beiden griechischen Wortteilen „leitos" und „ergon" zusammengesetzt, „leitos" heißt öffentlich, gemeindlich, und „ergon" bedeutet Werk oder Dienst.

Wenn man ganz früher von „Liturgie" sprach, dann meinte man damit den Dienst, den reiche Bürger an der armen Bevölkerung taten; die öffentlich verrichteten guten Werke, also Armenspeisungen oder Kleidersammlungen.

Schon zu Jesu Zeiten wurde auch all das, was in und um den Tempel passierte, als Liturgie bezeichnet. Daher haben die Christen den Begriff übernommen und auf ihren Gottesdienst in der Kirche übertragen. Aber Liturgie umfasst mehr als nur die Eucharistiefeier: Auch Sakramentenfeiern wie die Taufe, Trauung oder Bestattung und das Stundengebet in den Klöstern zählen dazu.

Manche Priester und Kirchenleute übersetzen das Wort „Liturgie heute" als „heiliges Spiel". So wie in einem Schauspiel gibt es auch bei diesem besonderen Geschehen einen Spielort, die Kirche, inbesondere den Altarraum, und verschiedene Rollen: die liturgischen Dienste. Dazu zählen neben dem Priester und einem Diakon (dem „Diener am Altar") auch Messdiener, Lektoren, Kommunionhelfer, Sänger oder Kollektanten – das sind jene, die das Geld für die Armen einsammeln. Denn so wie in den Anfängen ist es auch heute noch wichtig, in unseren Feiern an jene zu denken und für jene zu sorgen, denen es nicht so gut geht.

„Willkommen zu Hause"

Im gleichen Moment hörten sie das Knarren der Tür. Da kam eine Frau mit dem Staubsauger aus der Sakristei in die Kirche. „Was macht die denn hier?", dachte Katharina.

„Das ist die Küsterin", sagte Papa, der Katharinas fragendes Gesicht gesehen hatte, „sie kümmert sich darum, dass es in der Kirche ordentlich ist und nicht so aussieht wie manchmal in euren Zimmern. Darum braucht sie auch die ganzen Putzsachen, die ihr in der Sakristei gesehen habt." Papa rief ihr ein freundliches „Hallo!" zu. „Oh, wir haben Besuch", bemerkte sie, „was macht ihr denn hier? Wollt ihr euch einmal die Kirche angucken?" „Eigentlich nicht", antwortete Katharina und erzählte von dem gefundenen Engel. Die Küsterin hörte ihr aufmerksam zu und bat sie, ihr den Engel zu zeigen.

Dann nahm sie den Engel in die Hand und lachte. „Willkommen zu Hause!" sagte sie. Katharina und Johannes verstanden nun gar nichts mehr. „Das ist die Figur des Engels, der am Heiligabend den Hirten die Nachricht von der Geburt Jesu bringt. Er war schon länger etwas kaputt. Als ich im Januar die Krippe weggeräumt habe, habe ich ihn in meine Jackentasche gesteckt, um ihn zum Schreiner zur Reparatur zu bringen. Als ich dort ankam, war er verschwunden. Ich habe lange und überall nach ihm gesucht und ihn nicht gefunden. Aber nun ist er wieder da, weil du so gute Augen besitzt und ihn gesehen hast. Danke! Jetzt passe ich besonders gut auf ihn auf, damit beim nächsten Weihnachtsfest der Engel wieder an seinem Platz stehen kann."

Katharina, Papa und Johannes freuten sich, dass sie nun doch den richtigen Platz für die Figur gefunden hatten. „Weißt du was?", sagte die nette Frau, „wenn ich das nächste Mal die Krippe aufbaue, dürft ihr mir helfen und nicht nur den Engel, sondern auch die anderen Figuren mit aufstellen. Wir bauen zusammen die Krippe auf! Möchtet ihr das?" „Ja", riefen Johannes und Katharina jubelnd wie aus einem Munde, „das wäre echt super!"

Nun war es an der Zeit, nach Hause zu gehen. Es wurde langsam dunkel, und die Mama hatte den Abendbrottisch sicher schon fertig. „Wenn wir das morgen in der Schule und im Kindergarten erzählen", sagte Johannes leise zu seiner Schwester, „werden die staunen, was alles passieren kann!"

Thema KRIPPE

Kannst du dir vorstellen, dass es viele, viele Menschen in der Welt gibt (übrigens auch in Deutschland!), die nicht lesen können? Vielleicht weißt du sogar, dass es Zeiten gegeben hat, in denen nur ein ganz kleiner Teil der Bevölkerung lesen konnte – meist die gelehrten Mönche in den Klöstern.

Wie aber sollten die Geschichten von Gott und Jesus die Menschen erreichen, wenn keiner von ihnen die Buchstaben verstand? Natürlich, man konnte diesen Menschen vorlesen, und man konnte Bilder davon malen. Aber kann ein einzelnes Bild wirklich eine ganze Geschichte wiedergeben?

Da hatte der heilige Franz von Assisi eine glänzende Idee. Im Jahr 1223 hat er mit lebendigen Menschen und Tieren das Weihnachtsgeschehen nachgestellt, damit alle sehen und verstehen konnten, wie es mit der Geburt Jesu gewesen war. Diese Darstellung gilt als erste aller Krippen. Von Italien aus hat sich die Idee über die Alpen ausgebreitet und schließlich die ganze Welt erobert. In den folgenden Jahrhunderten waren es meist Figuren aus Holz, Ton oder Stroh, die in den Weihnachtstagen von der Geburt Christi erzählten und Elemente der Weihnachtsgeschichte zeigten. Diese Tradition hat sich bis heute gehalten.

Oft wird die Anbetung der Sterndeuter aus dem Morgenland, die wir als „Heilige Drei Könige" kennen, mit in das Krippengeschehen einbezogen – obwohl die Drei ja erst später gekommen sind. Einige Krippen beginnen auch schon mit der Verkündigungsgeschichte im Advent – und erzählen, wie der Engel Gabriel Maria die Geburt des Jesuskindes vorausgesagt hat.

Dialog hilft Kindern in der Einen Welt e.V.

Ob bei den Müllmenschen auf den Philippinen, bei den so genannten Unberührbaren in Indien oder den Massai in Tanzania: Der münstersche Verein „Dialog hilft Kindern in der Einen Welt e.V." unterstützt Mädchen und Jungen auf der ganzen Welt in ihrer eigenständigen Entwicklung. Dabei werden auch deren Familien in den Blick genommen, die ihre Kinder nicht ernähren können, denen es am Lebensnotwendigem fehlt, die keine ärztliche Versorgung kennen und die oft gezwungenermaßen auf Bürgersteigen, Friedhöfen oder Müllkippen leben. In einer Projektlinie baut der Dialog-Verein mit einem Team vor Ort „Häuser der Hilfe", in denen die Familien oder Kinder notwendige Unterstützung finden.

In anderen Projekten unterstützt der Verein die bestehende Arbeit kirchlicher Entwicklungshilfe-Organisationen oder Ordensgemeinschaften im Kampf gegen Hunger, Leid und Krankheit. Zugleich werden Bildungsprojekte gefördert und deutsche Hilfsorganisationen unterstützt, die sich gemeinsam mit ehrenamtlichen Jugendlichen zu einem Hilfsprojekt aufmachen, um dort kleine Häuser, Krankenstationen oder Schulen zu bauen.

Der Verein „Dialog hilft Kindern in der Einen Welt e.V." wurde vor im Jahr 2002 von engagierten Mitarbeitern des Dialogverlages (der Redaktion von Kirche+Leben) und aus verschiedenen Bildungseinrichtungen des Bistums Münster gegründet. Um eine jährliche Projektförderung sicher zu stellen, sammelt der Verein Spendengelder über thematische Veröffentlichungen zu den jeweiligen Projekten in der Bistumszeitung »Kirche+Leben«. Es werden auch bildungspolitische Programme für Schulen oder Bildungsstätten zu den jeweiligen Themen organisiert.

Ein Teil des Verkaufserlöses dieses Buches ist ebenfalls für die Arbeit des Vereins bestimmt, der keine Verwaltungskosten hat.

Weitere Informationen unter:
Dialog hilft Kindern in der Einen Welt e.V.
Cheruskerring 19
48147 Münster
Telefon: 0251 / 4839-0